海鳥

山田　澪句集
Yamada Mio

ふらんす堂

序

山田澪さんに初めてお目にかかったのは、椋俳句会恒例の吟行旅行の折だっただろう。童女のような愛らしいお声で、振る舞いにも屈託がなく、終始のびのびとされていた印象である。どんな場面だったかは忘れたが、かたわらにいらした藤井紀子《みちこ》さんに子どものように腕を摑まれて、「これっ」とたしなめられていた姿が可笑しくて、いつもこんな風なのかしらと思った記憶がある。

先 生 は 年 下 の か た 花 ユ ッ カ

は、その折の句だろうか。

名簿を確かめると、澪さんも紀子さんも明石市にお住まいで、町名も同じ。ごく親しい間柄でいらっしゃるに違いない。

この明石という、歴史のある風光明媚な土地柄は、この句集に収められたほとんどの句に反映されている。それも風土詠という言葉から連想される重たいイメージではなく、明るいタッチで描いた、水彩画の様な、のびやかな印象である。

燕来る宮居大きな漁師町
海鳥の声なく群るる彼岸かな
舫ひ舟離れて寄つてクリスマス
海釣りのひとの見えゐる干布団
磯蟹の来てゐる造り酒屋かな
船具売る冬の日差しをいつぱいに
明石丸住吉丸に寒明くる
雑魚寝して烏賊釣舟の灯の眩し

どれも海辺のスケッチで、句集名の「海鳥」は、これらの句にちなんでつけられたものだ。

さて、のびやか、といえば、澪さんの作風は、そのお人柄のとおりではなかろうか。

信心の無くて柚子湯を溢れしむ
ぶつかつてはねかへされて初戎

などの潑溂とした自画像もそうだが、

まつすぐな杉を映して水が澄み
水音にこゑの消さるる夏料理
禁漁とあり葛の花咲きゐたり
返り咲くユッカと捨ててある舟と

というような、事実をすらっと一句にして、作為や捻りを感じさせないところが、なんとも心地よい。

澄み切った水にただ杉が映っているという景、風流が本意の川床で味わったのであろう夏料理を、賑やかにいただく様子、禁漁の立て札に葛の花の荒々しいほどの茂み、ユッカの大ぶりな花の返り咲きともう使われない小舟など、これらは実際に出会わなければ詠めない。

　これらの情景がありありと浮かんでくるのは、澪さんがその「場」で、見た通り、体験した通りに真っ正直に詠み止めたからだろう。その結果、詠み止められた「もの」はそのまま読み手に受け取られて、想像力を無限に引き出すことになる。

　小さなことでも、おやと思った瞬間に切り取っておく。そのかすかな心の動きというものは、いざ言葉に置きかえようとすると、少しずつずれて、時には使い慣れた理屈や一般論にまみれてしまう。それを避けるためにどんどん俳句に置きかえてゆく。絵で言えばクロッキーだ。その時、一番大切な線、核となるもののみを残しておけばよい。問題は、その核となるものを確と捉えられるかどうかだ。

里神楽指の太きが舞ひ上手
漁舟ぐいと入り来る五月かな
畳屋の土間に転がる梨の芯

諸掘りや先生の笛きらきらす

神楽の舞い手の思いがけぬ指の太さに釘付けになった目、初夏の港に「ぐいと」舳先を向けて入ってきたのは、手漕ぎ舟だろう。梨の芯を無造作に投げ捨てたまま働く職人、諸掘りに興じる子どもたちに吹かれる笛は、秋晴れに輝いている。

これらの句を生み出すのは、たゆみない写生の実践であり、同時に多作多捨の結果だと思う。

澪さんのこの句集は、まさに大いに作り、大いに捨てた結果の三三五句だと言ってよい。そして、のびのびとした大らかな気質だからこそ、多作にも多捨にも易々と耐えられるのではないだろうか。

ちなみに「多作多捨」とは、澪さんの師であった波多野爽波氏が唱えた作句上の理念であり、遡れば、正岡子規の写生につながってゆくものだと思う。

足音にぱつと散る鮑柿の花

ようと呼ばれおうと春鮒釣つてゐる
風薫るところ木の花降るところ
いぼむしり翅を痛めたまま歩く
花桶のひと先頭に水の秋
豆撒きを待つ子に父の肩車

写生は報告とよく混同されるが、報告は俳句ではない。写生を俳句たらしめるのは、これらの句で言えば「柿の花」「風薫る」「水の秋」など、季語の働きであり、主格を巧みに省いた春鮒釣りの情景や、墓参の人物を「花桶のひと」とした、俳句ならではのレトリックであり、小さな生き物や子どもなどの対象に、作者が傾けた情だろう。これらの作品を見ると、それがよくわかる。

おしろいの花や釣舟仕立てます
一本の桑の木のある雛の家
丸椅子を一つ足したる端居かな

母が家の淡き灯しや蚯蚓鳴く
鮨飯を光らす秋の団扇かな
まなかひに鰆の頃の海の色

淡々とした穏やかな日常。その有難さが、つくづく身に染みるようになった令和の時代。離れていても俳句という共通の「場」だけは持ち続けたい。俳句は私たちの拠り所であり、ふるさとである。句集『海鳥』もまた、私たちのふるさとになるだろう。

令和四年　卯の花月

山雀亭　石田郷子

海鳥＊目次

句集
海鳥

Ⅰ

二〇一三年まで

乾杯の声揃ひたる蕗の薹

大しぶきあげて海苔舟もどりけり

駒返る草に磯着の雫かな

花種を蒔く学校の百の鉢

何もかも雨に烟りて御涅槃

屋根替の雑用係にて和尚

燕来る宮居大きな漁師町

海鳥の声なく群るる彼岸かな

印南野の畝の長きを麦うづら

エプロンに墓参ついでの春子かな

春の山棟上げ餅を胸に受け
汐まねきそろそろお能はじまるぞ

能登魚島どきの風にのる

三叉路の三角ばたけ瓜の花

ばらばらに来て一列に溝浚へ
たくさんの海月ゆらして船が出る

ゆすらうめ湯浴みて赤子さくらいろ

箱眼鏡置く民宿の勝手口

留学の娘の形代に息を吹く

夕立の向う日の差す淡路島

有馬籠作り並べて涼しかり

盆が来る乾かぬ草を火に投げて

草市の青空見えてゐるところ
握手して温かき手や草紅葉

蟋蟀の鳴く鯊煮の通し土間

ひんがしに天城の山やとろろ汁

烏骨鶏新嘗祭の昼を鳴く

里神楽指の太きが舞ひ上手

信心の無くて柚子湯を溢れしむ

舫ひ舟離れて寄つてクリスマス

みる貝の伸びきつてゐる年の市

探梅の雨乞石に突きあたる

川蟹の桶にひしめく枯木宿

鍬はじめ蛙起こしてしまひけり

ちよんちよんと十日戎の飴細工
練炭の炎がぽぽと巫女の舞

水鳥の水に飽きたる歩きぶり

寒凪にひらひら酒の漉袋

冬木の芽胸を反らして矢を放つ
魚を耀る冷たき耳の集まりて

Ⅱ

二〇一三年～二〇一四年

花満ちて水際の杭のやせてあり

じゃがいもの花ゆらしゆく電車かな

薫風や畑へ俎板ほどの橋

藻の花やときどき雑魚の跳ねあがる

からす瓜咲いて薄目の如来像

蛇口みな上を向きたる暑さかな

涼しさや六つ並べて弓の的

おほばこの花に水車のこぼれ水

敷藁を大いにはづしたる南瓜

水の秋きゅるんきゅるんと鳥の鳴き

まつすぐな杉を映して水が澄み
砂浜に万の足あと天高し

裸婦像の幼き胸乳草紅葉

三つ四つ小舟かさねて雁のころ

茶の花に来て蜜蜂のせはしなや

神馬出づ冬たんぽぽを踏み出づる

初雪の木沓の先を濡らしけり

ぶつかつてはねかへされて初戎

寒菊や固く束ねて巫女の髪

松の根に十日戎の残り炭

浚渫船真冬の水を滴らす

きれぎれの風吹く若布干場かな

野遊びのたつぷり砂を踏みし靴

朝涼や婆の祈りの短かきこと

水音にこゑの消さるる夏料理

亀の水輪鯉の水輪や夏旺ん

禁漁とあり葛の花咲きゐたり

雪折を来てたくさんの鳥にあふ

Ⅲ

二〇一五年〜二〇一六年

涅槃会の柾目のとほる柱かな

迂回路にして鶯のよく鳴けり

茶摘籠湖の日差しをいつぱいに

踏青や野井戸のあれば覗きもし

蔵壁に水といふ字や柿若葉

浮苗を挿すや一人の水輪立て

牛の仔に花なんばんの風が来る

薬草に白き花ある涼しさよ

一つ木に雀群れゐる朝ぐもり

かなかなや河原の石にほむら跡

花芙蓉はややばや灯す母の家

長き夜の畳に笛の楽譜かな

郁子の実を置いて上座といたしけり

苦瓜の棚あり白緒草履あり

初鴨に魞黒ぐろとありにけり

みづうみの藻草ざわつく十三夜

甘露煮売る秋の蠅取リボンかな

行く秋の水面見つめてゐる鷺か

初冬や傾くままに馬の墓

戸袋も梁も紅柄石蕗の花

返り咲くユッカと捨ててある舟と
カンバスを組んでゐるなり冬帽子

大寒や羊蹄の葉の赤くあり

枯蘆と揺れてゐたるよ小鳥どち

傷の手にものふれやすき時雨かな

海釣りのひとの見えゐる干布団

魚は氷に手ぶらで歩く楽しさよ

水口を祭りてよりの雨三日

踏青やふりむくたびに淡路島

早苗田もその畦草も薄みどり

朱の鳥居そこに筍売りのゐる
漁舟ぐいと入り来る五月かな

母の日やいちばん小さき母の靴

挨拶の日傘を高くあげにけり

足音にぱつと散る鮠柿の花

おしぼりの熱きがうれし洗鯉

竹煮草川の中から湯の湧いて

篝草しろがねいろの雨ためて

筆入れに貝殻ひとつ休暇果つ

舷へ秋草刈の屑が飛び

母よりも兄嫁したし稲の花

木に草に雨ゆきわたる新豆腐

畳屋の土間に転がる梨の芯

へつつひの黒ぐろとあり夜這星

間引菜を丹波地鶏に投げてやる

諸掘りや先生の笛きらきらす

芋の秋にせの卵を鶏が抱き

苦瓜の葉影の映る机かな

芋煮会とほりあはせの者なれど
掛稲に日々学校のチャイムかな

月明や葦倉の中がらんどう

島ゆきの船の波来る根釣かな

城下町鹿に注意と札の立つ
箱詰のキャベツキュキュッと霜の朝

水門の開けつ放しや冬ざるる

待春の鈴の緒強く振りにけり

冬至風呂引つ搔き傷のひりひりと

川と川出で合ふところ笹子鳴く

あたたかき木肌に触れて札納

ミントガーデン冬蝶のいきいきと

一本のレールの延びる蜜柑山

冬の月門に箒を立てしまま

蜘蛛の囲の真ん中にゐる冬の蜘蛛

寒禽のこゑのふくらむ日暮の木

河馬の水苗代茱萸の花映す

寒鴉動物園を見下ろしに

Ⅳ

二〇一七年〜二〇一八年

梅咲いて鳥が手水の水浴びに

啓蟄の井桁にかわく窯の薪

駅よりも高きにホーム山笑ふ

朧なり受取印をさかしまに

花まつり木の片側を濡らす雨

手庇の中へ入れたる春の鴨

城山に水湧くところ花あけび

ようと呼ばれおうと春鮒釣つてゐる

婚礼の受付に来る夏つばめ

茶畑の人に手を振る夏の旅

機関車が赤芽柏の花ゆらし
かぎりなく茶畑のある涼しさよ

水打つて迎へてくるる日坂宿

水音の重なるところ竹煮草

茶畑のある箱庭を作らんか
先生は年下のかた花ユッカ

心太ぼちぼちやつてをりますと

海の家つくる設計図に重石

風薫るところ木の花降るところ

朝涼や驢馬のたてがみ切り揃へ

七夕によき竹のある湖北かな

昼寄席の大看板や柳散る

普段着におはす神職みみず鳴く

小鳥来て舞台衣装の打合せ

いぼむしり翅を痛めたまま歩く

牛の仔にふんはりとあり今年藁

昆虫館へ籾殻を焼くにほひ

柿紅葉神輿曲れば人まがる

御座船に手を振る秋の別れかな

賽銭の大きな音や藪柑子

短日や板一枚に鰭を干し

七輪に海のものの焼く初大師

葡萄棚枯れて馬上の人見ゆる

梅咲いて畠の中にポンプ井戸

ふなばたの磨り減つてゐる浅蜊舟

囀や吃水線を赤く塗り

ガラス戸に鳥のぶつかる朧かな

三椏の花なりはひの牛を飼ひ

貼紙に線香ありと種物屋

海風のまともなりけり種物屋

橋板の楔の太き菖蒲の芽

蔵二つ連なるところ桃の花

鉄塔の高さ雲雀の鳴く高さ

投函に行くだけの春日傘かな

学校の蛇口一列チューリップ

桜鯛淡路はほんに長き島

行く春の剝製館の灯りたる

綾なして水の流るる合歓の花

昼顔や雀が砂を浴びに来る

夏蝶や拝殿口に靴揃へ

汗引いてゆく桑の木の深みどり

夏雲や棚田に祠まつられて

磯蟹の来てゐる造り酒屋かな

捨て舟に赤芽柏は花散らし

蓴菜舟漕ぐややゆたかな喉仏

蟬しぐれ朱き鳥居をくぐるとき

あはあはと藤咲いてゐる大暑かな

盛夏なり隧道に声ひびかせて

鱧料理天文台は雨の中
雨音を消してをりたる帚草

花桶のひと先頭に水の秋

生身魂河内音頭が大好きで

馬場の水流るるところ赤のまま

鯊釣の使ひ馴れたる小座蒲団

潮の香に坐りてをれば秋の声

岸釣の耳朶厚き男かな

日の暮れを急かせて秋の牛蛙

神無月畑のものをくすぶらせ

寒造日ごと鷗の声ふえて
船具売る冬の日差しをいつぱいに

蓮枯れて雨粒ひとつづつ水輪

枯蓮に翡翠のゐる明るさよ

山の日は山へ沈みぬ木守柿

北風の通り口なりキムチ売り

傘立てに傘が一本青木の実

竹藪のさわぎどほしや除夜まうで

豆撒きを待つ子に父の肩車

柊を挿して地酒のよく売るる

V

二〇一九年〜二〇二〇年

明石丸住吉丸に寒明くる

料峭や波がぶつぶついうてをる

雛段のうしろ水平線の青

ぎしぎしや膝に子供の頃の傷

花ゑんどう蜑の畑の畝みじか

母屋より納屋の立派よ柿若葉

学校の声に玉解く芭蕉かな

新緑や塩をきかせて握り飯

父の日のみづみづしきは柏の葉

バラ園のひときは白きベンチかな

満潮に舟さわぎだす更衣

島行きの船に自転車明易し

大南風貨物列車に待たされて
寺町にマリアのおはす半夏生

黄あやめや野点の帯を低く結ひ

あぢさゐやまはして運ぶガスボンベ

草屋根に実生の楓鮎の宿

逆立ちが出来て素直や青棗

山越えて猿の来るてふ萩の寺

河内音頭ならば踊りの輪の中へ

舞子浜荒地野菊の絮が飛び
おしろいの花や釣舟仕立てます

干し物の中に浄衣や草の花

田面に煙が太し冬隣

巡礼の先ざき蓮根掘つてをり

坂本は塔頭おほし藪柑子

葦枯れて海鵜の大き水輪かな

蒸籠の湯気かかりゐる冬木かな

寒菊の荷の置いてある船着場

魚の糶はじまるまでの懐手

真向ひに赤灯台やおでん酒

境内に深き轍や実南天

一本の桑の木のある雛の家

蠟石で遊びしことも花なづな

春田打ち一両電車見送りて

縁側は母が春子を干すところ

凧の空歩きはじめの子を芝に
吊し干す並べて干すもみな目刺

潮引いて径現はるる百合の花

海女小屋の煤けて俵茱萸まつ赤

雛罌粟や海女小屋にある化粧瓶

藁葺の寺に炉のある涼しさよ

木の花の甘くにほへる蛍狩

あぢさゐや一人遊びの女の子

丸椅子を一つ足したる端居かな

ソーダ水運河の町を見つくして

たちばなの花のさかりの宮参り

草刈りのたちまち匂ふさしも草

生りはうだい落ちはうだいの実梅かな

妣の世へ一歩近づく夜干梅

風鈴を吊つて代々火箸鍛冶

土用入り船頭町のひつそりと

丹の剝げて青水無月の仁王かな

稲の花朝日にひとつづつ光る

牛飼ひの日々の長靴赤まんま

母が家の淡き灯しや蚯蚓鳴く

早稲を刈るよき父に子の従うて

二度三度引いて鳴子の出来上る

椅子一つ置いてありけり鳴子縄

鯊煮の灯のもれてゐる秋すだれ

馬小屋の窓をゆらゆらいぼむしり
鳥渡る艇庫は固く閉ざされて

柚子捥ぎの梯子の上の昼の月

椿の実弓場の拭き込みゆきとどき

倒けさうな家あり柿のたわわなり

開くたび枯葉舞ひ込むロビーかな

カヤックの櫂の眩しき今朝の冬
蓮根掘り雲のすきまに日の差して

この頃の日記の余白時雨そむ
花柊二度目のベルを強く押す

冬菜畑鳥居の影をのせてゐる

馬柵のつづきに白々と冬の梅

ダム底へ道の消えたる冬の霧

紙漉くも暮しの水も山の水

兎見にシャボンのにほふ子を連れて

妙見宮まうで落葉の嵩を踏み

枯芭蕉ばつさり伐つて空の青

庭うちに大きな稲荷冬ざるる

山眠る窯の煙を浴びながら
朽野に小鳥の羽根の点々と

寒林に透けて真昼のシャンデリア

Ⅵ

二〇二一年

春の山以下同文の賞もらふ

かたかごの花やいまでもはにかみ屋

剪定のささやく風と唸る風

もの捨ててある竹藪の花あけび

八十八夜鶏は木に眠り
保母さんの春の大きなポケットよ

赤き葉の一枚のつてゐる種井

種浸し朝から鳩のよく鳴く日

花楓糸吐く虫をぶらさげて

茎立菜すつきりしやんと鋤いてあり

食ひぶちと言うて若布を干してをる

帰るさの雁に潮目のくつきりと

水門の青の際立つ夏野かな

シスターの野菜畑のかたつむり

雑魚寝して烏賊釣舟の灯の眩し

あぢさゐの藍に心のほどけゆく

うしろ手に歩き来たれば河鹿笛

杉山に白き雨脚半夏生

三伏や生木に鏈めり込んで

海底に日の差してゐる夏祓

二の腕に汗を拭うてポン菓子屋

朝市を見下ろしにして燕の子

いささかの梅干して寺しんとあり

受付の小さな窓や秋暑し

緩やかに馬柵の連なる天の川

爽やかやや坂のぼるたび海展け

よく売るる陶器まつりの月見豆

八朔の雛に展ける海の色

ガラス屋のガラスに映るざくろの実

鮨飯を光らす秋の団扇かな

裾分けのその裾分けの薩摩諸
たちまちに鳩の降りくる刈田かな

蟷螂を摑めば腹のやはらかし
つづれさせ神社掃除の人びとに

みづうみに港のさびれ花真菰
柿落葉呼ばれたのかと振りかへる

表具屋の向ひ仏具屋銀杏散る

大根焚き昼の陽射しをたつぷりと

一陽来復盛り売りの魚が跳ね

菱餅や石垣の上に家と畠

永き日の草に染まりて山羊の口

まなかひに鰆の頃の海の色

あとがき

『海鳥』は初めての句集で三三五句を纏めました。

今まで句集のことなど考えていなかったのですが私よりはるかにお若い石田郷子先生にご指導頂くことにより新しい感覚を受け、遅まきながら句集を編む事を考えるようになりました。

郷子先生にお会い出来ました事を大変うれしく思っています。

そして選句と身に余る序文を賜り厚く御礼申し上げます。これからも郷子先生のご指導のもとに俳句を学んでいきたいと思います。

また句友の皆様には行く先々でいろいろ学ばせて頂きましたことを感謝申し上げます。ふらんす堂のスタッフの皆様にも大変お世話になりました。御礼を申し上げます。

最後に長年にわたり俳句に携わった私を何時も気持ちよく送り出してくれた主人に感謝します。協力してくれた娘にもありがとう。

二〇二一年四月吉日

山田　澪

著者略歴

山田　澪（やまだ・みお　本名　山田信子）

1937年　現岡山県美作市生れ
1987年　俳誌「青」入会
1991年　波多野爽波主宰逝去により「青」終刊
1991年　俳誌「斧」入会　のち吉本伊智朗主宰逝去のため退会
1999年　俳誌「文」（西野文代代表）入会　のち終刊
2015年　俳誌「椋」入会　石田郷子に師事
2020年　第11回「椋年間賞」受賞

現　在　「椋」会員
俳人協会会員

現住所　〒674-0071　明石市魚住町金ケ崎1608-80

句集　海鳥　うみどり　椋叢書34

二〇二三年七月二〇日　初版発行

著　者——山田　澪

発行人——山岡喜美子

発行所——ふらんす堂

〒182-0002　東京都調布市仙川町一—一五—三八—二F

電　話——〇三（三三二六）九〇六一　FAX〇三（三三二六）六九一九

ホームページ　http://furansudo.com/　E-mail　info@furansudo.com

振　替——〇〇一七〇—一—一八四一七三

装　幀——君嶋真理子

印刷所——日本ハイコム㈱

製本所——日本ハイコム㈱

定　価——本体二六〇〇円＋税

ISBN978-4-7814-1477-5　C0092　¥2600E